Ascensión

Humana

Jesús Salazar
V. M. Rafiel

© Jesús Salazar

ISBN: 978-1-59608-770-5

ÍNDICE

NOTA DE AGRADECIMIENTO

En esta nota de agradecimiento es para este autor un gran honor darle las gracias infinitas a esa grandiosa microbiana de profesión MARÍA DEL CARMEN MARRERO NIEVES por su excelente y muy sabio prólogo. Ella ha sido una gran buscadora de esta enseñanza que con gran profundidad siempre estudia.

Con este prólogo deja ver el gran crecimiento que ha obtenido en su recorrido por estos caminos de la ascensión humana.

Por otro lado, con mucho cariño le damos las gracias a esa grandiosa dama del magisterio privado, Roxana Gotay por su hermoso trabajo de corrección y por siempre estar ahí presente.

A mi hija July Jerubí por su incondicional ayuda y su aportación a la humanidad.

Muchas gracias a todas y cada una de ustedes.

El Autor

DATOS SOBRE EL AUTOR

JESÚS SALAZAR FERNÁNDEZ

El autor de la siguiente obra literaria, el Sr. Jesús Salazar Fernández, es un ser humano dedicado a la ayuda de la humanidad desde hace 31 años.

Dando sus servicios y ayuda a través de cientos de conferencias públicas en Puerto Rico y Santo Domingo, aportando así y brindando la oportunidad de crecimiento espiritual a todo aquel que anhele conocer y llegar a su propio Dios interno.

PRÓLOGO

Cuando el autor de esta obra me pidió que hiciera el prologo, me sentí sumamente honrada y llena de júbilo.

El ha sido un pilar en la enseñanza evolutiva, su sutileza y claridad trasciende el saber de las grandes profundidades del conocimiento.

Su sencillez y espontaneidad te lleva en un recorrido a través de las profundidades del conocimiento, deja ver todo desde otra perspectiva, al igual que te reta a la búsqueda e investigación, no que creas nada más.

El autor es don Jesús Salazar, un gran luchador incansable que ha llenado a esta humanidad de mucho conocimiento de alto nivel conscientivo.

La **Ascensión Humana** es otra de sus grandes obras, que trae una enseñanza diferente, clara y llena de nuevo conocimiento. A través de sus capítulos le lleva en un recorrido de inigualable valor que ayudará a transformar su vida y encontrar el camino de regreso a casa.

En el primer capítulo, **Obediencia y Crecimiento**, hace énfasis en la obediencia, como no hablar de ella si es un ejemplo vivo y está grabada en su caminar trascendental por esta humanidad junto al V. M. A. Desoto.

Sus letras traen luz, claridad y honestidad a toda la humanidad que desea despertar y se encuentra en una búsqueda incansable del conocimiento más allá de lo inexplicable.

A través de ejemplos explica la diferencia entre obediencia y humildad, enfatizando la importancia de dejarse guiar para que de esta manera encuentre en cada proceso de la vida la enseñanza y el conocimiento que la experiencia trae.

Con profundo anhelo de que el lector entienda que un guía te protege y te ayuda a marcar, en el transcurrir de la vida, pasos firmes para que juntos lleguen a otros niveles de conciencia.

La **Profundidades Cósmicas**, el titulo en si nos lleva en un viaje hacia un conocimiento profundo sobre la inmensidad del universo.

El autor nos lleva en un recorrido sobre los eventos que están ocurriendo a otros niveles desconocidos para nuestro grado de conciencia.

Todo está en evolución, el universo, el planeta y todo lo que en él esta. Es maravilloso saber que no estamos solos en el proceso evolutivo, que también hay planetas en los diferentes puntos del cosmos que se encuentran evolucionando y que ascenderán a otros grados o niveles de conciencia como nos indica el autor.

Ser parte de un evento de esta magnitud nos hace bendecidos, ya que hay seres que quisieran ver ese evento y no pueden participar de estos procesos.

Hay que dejar fluir el conocimiento para dar paso al saber conscientivo, ya que esto no se da en las escuelas ni universidades, se nos está proveyendo a través de un Ser que está dispuesto a plasmar en sus libor todo el conocimiento que le es dado.

Al estudiar y profundizar en las enseñanzas como nos indica el autor, logramos salir del estancamiento de las densidades provocadas por los aspectos negativos de nuestros pensamientos y de lo que nos rodea.

Por tal razón, se reitera el hecho de que un discípulo debe permitir que su guía haga lo que sabe hacer, guiarlo por el camino del conocimiento como faro que guía al barco a puerto seguro de regreso a casa.

Eso es lo que el autor nos indica en el capitulo Gestando la comprensión, indicando que el guía es esa luz que va alumbrando el camino y aconsejando lo que es bueno para nosotros, así como lo que nos hace crecer.

Lo importante es dejar que nos guie, escuchar atentamente, ser obediente y tomar las enseñanzas con humildad. Esto se logra trabajando con los defectos como lo es la desobediencia, prepotencia, orgullo entro otros que deben ser identificados y transformados positivamente.

De esta manera nuestro interior se limpia y da paso a una comprensión de sí mismo y de lo que nos rodea.

No hay porque tener miedo a todos estos cambios, ya que evolucionar conlleva procesos que no necesariamente nos agradan, sin embargo nos hacen crecer y ascender a otros niveles de conciencia.

El autor nos lleva a comprender el proceso de la ascensión de una manera muy peculiar, ya que habla de las galaxias, constelaciones, sistemas solares, planetarios y también de la semilla humana.

Hay mucho por aprender y entender, es por tal razón que en el capitulo **Proceso de Transición** se explica más a fondo todo lo relacionado a estos procesos.

De lo que se habla son temas profundos, por eso querido lector, debe permitir que en su interior fluyan estas letras de sabiduría para que se plasme el conocimiento y su nivel evolutivo crezca.

No permita que su mente lo traicione con dudas y falsas ideas. Son palabras de luz las que en este libro se plasman.

Es tiempo de dar paso a un nuevo conocimiento, los maestros ascendidos y los grandes jerarcas necesitan que entendamos los procesos para que de una manera u otra trascendamos con el planeta y ayudemos en todos los procesos.

Hay mucha profundidad en el conocimiento impartido por el autor, ya que es tiempo de hablar desde otro punto de vista sobre la transición a nivel cósmico que está ocurriendo y todos los procesos que esto trae.

Se ha preguntado, ¿Cuál es su misión? Esta pregunta es bien abarcadora. Todo y todos venimos a cumplir con una misión, así como los Jerarcas, los dioses como por ejemplo, los Jardineros del Espacio que se encargan de transportar las semillas a los diferentes puntos del cosmos, ya que es importante la evolución de todos los seres vivos.

En el capitulo **Observando las Dimensiones**, el autos se adentra en las dimensiones y explica las transiciones cósmicas. Nos explica que seres de una dimensión no pueden ver los planos siguientes a menos que tenga un nivel más elevado o tenga una conciencia de un plano superior, sin embargo, puede ver los planos que ya ha ascendido.

Existen prácticas que ayudan a acceder esas dimensiones de las que nos habla el autor, ya que él ha investigado en las profundidades y nos trae información de alto contenido conscientivo.

No estamos solos en el universo evolucionando, como se ha mencionado anteriormente. En procesos evolutivos hay diferentes seres vivos.

En la Creación existen nueve dimensiones y hay que pasar por ellas, ya que de ellas obtenemos experiencias que ayudan a pasar de una dimensión a otra.

Es emocionante saber que existen galaxias. Nuestra mente es limitada por todos los agregados psicológicos que se integran en nuestro recorrido a través de la niñez, juventud, vejez y esto no permite ver más allá.

Sin embargo, es posible ver todo lo que existe desde otro punto de vista, rompiendo con las creencias limitantes.

Así también, podemos expandir nuestro conocimiento a través de lo que el autor de este libro trae.

Nos habla en **Influencia de los Arcanos**, sobre la existencia de los Arcanos, jerarcas, dioses, como velan, cuidan, regulan, se manifiestan y sobre su misión en el cosmos. En adición, explica la diferencia de un Dios y un Arcano menor.

La manifestación divinal esta en todos los lugares y se expresa de diferentes maneras, lo más hermoso es buscar en el interior de sí mismo y permitir que el conocimiento se expanda para entender y comprender o como dice el autor: "profundizar en los misterios del saber consciente".

Y así sucesivamente en los diferentes capítulos, mas adelante menciona **De la Creencia a la Investigación**, donde podemos observar como durante nuestras vidas todo lo que escuchamos es que hay que creer en eso, en aquello y sin darnos cuenta damos por hecho que las cosas son así.

Desde el momento en que rompemos con las creencias, abrimos puertas a nuevos conocimientos. Nos damos cuenta que la investigación es la mejor manera de entender y despertar.

Existen seres divinales como Maestros, Jerarquías entre otros seres de luz que ayudan en el proceso evolutivo y tienen diferentes misiones. Es hora de despertar dejando las creencias que limitan la mente sumergiéndola en desesperación y soledad.

Creer, esta palabra lleva en sí una connotación de que hay que dar por hecho una situación o evento. Sin embargo, nos limita porque se entiende que es así y no hay nada más.

Creemos que somos los únicos en el universo, creemos en Dios, creemos en todo lo que dice la iglesia, en esto, en aquello. Cuando decidamos quitar esta limitación y cambiarla por investigación, abrimos un mundo de posibilidades lleno de muchos resultados.

La investigación la abre un mundo de posibilidades, matices, colores, eventos, situaciones. Como creer que somos los únicos en el universo, es una inmensidad el Universo el cual todavía no se ha descubierto.

Por tal razón, querido lector le invito a que se dé la oportunidad de investigar, hay otras Jerarquías, Maestros de sabiduría divinal.

En este libro **Ascensión Humana**, se comenzara a abrir puertas a un nuevo conocimiento para esta humanidad el cual ya está plasmado en la inmensidad de la Creación.

Así como las **Influencias Psicológicas**, que nos indica como nos estancamos en el camino evolutivo conscientivo. El autor nos lleva en un recorrido por eventos, situaciones pasadas y presentes, los cuales llama nuestras experiencias para que veamos como todos esos procesos de vida sacaban nuestro intelecto y se menosprecia la verdad mediante engaños y falsedades cotidianas.

Con su inigualable sutileza y picardía recorre la realidad de nuestro existir para que entiendan que es tiempo de dar un cambio.

El **Despertar Interior,** es un tema que nos habla del trabajo por la humanidad y pro nosotros mismos. Hay que comenzar el despertar para comprender nuestra trayectoria en este espacio tiempo, cuyo propósito sin igual es despertar.

La integración con el Ser que es nuestra realidad, así es como en el capítulo **La Plasmación de un Maestro,** el autor nos explica. Nos habla del maestro, ya inagotable fuente de sabiduría la cual nos lleva a la **Ascensión Humana.**

Esto nos lleva a entender y comprende el porqué hay un **Tiempo de Rescate** donde se da esta transición y nos habla de las razas y su historia. Como todo este proceso lleva a **El Momento Final,** donde se separa la paja del grano como nos enseña el autor, llevándonos a un recorrido hasta **Nuestra Realización.**

Los Arcanos y Las Eternidades, en este capítulo encontrará la diferencia entre los diferentes dioses que existen, los planos y otras profundidades.

Amablemente, les invito a que no espere más y comience su recorrido de la mano del Ser camino a casa junto a este grandioso autor.

María del Carmen Marrero
Microbiana, Arecibo, PR

OBEDIENCIA Y CRECIMIENTO

En el sendero que nos lleva de regreso a casa, y más allá de nuestro origen, tenemos que ir caminando de la mano de un guía que conozca muy bien el camino que nos conduce a nuestra evolución consciente, ya que un discípulo no puede ver los obstáculos que se le pueden presentar en el camino del doble filo de la navaja.

En este camino tenemos que ir trabajando con el defecto de la desobediencia, el que no trabaja con ese agregado psicológico no puede avanzar en el camino de los grandes iluminados.

Todo discípulo que siga fielmente a su maestro o guía espiritual nunca fracasa en el camino de regreso a casa.

Tenemos que comprender que cuando un iniciado llega a lo que se llama la iluminación de su interior, es porque ha integrado todas las experiencias de cada uno de los procesos iniciáticos que se le ha presentado en su camino hacia la maestría y a su purificación interna.

Hay que cultivar la obediencia para poder comprender todos los procesos y pruebas que a cada uno se le presenta en el camino de la luz.

Sin la obediencia, ningún discípulo puede avanzar y elevar su nivel conscientivo. Los niveles de conciencias se obtienen a través de los duros procesos ya integrados en nuestro interior, ellos son los que nos van a fijar la conciencia en nuestra profundidad interna.

No podemos avanzar en el camino sin dejarnos guiar por aquella persona que conoce el camino y que ha pasado por dolorosos procesos, donde ya tienen la conciencia de lo que es el regreso a casa.

Muchas son las personas que confunden la obediencia con la humildad, una cosa no va con la otra; existen personas que son humildes pero no son obedientes. No se puede confundir la pobreza con la humildad, una persona puede ser muy pobre, pero no es humilde.

Existe la ley del karma, esta ley regula las deudas kármicas según los delitos cometidos en existencias pasadas. Con todo esto queremos dejar entendido que cuando una persona vive o nace en un barrio muy pobre no significa que esa es una persona humilde, puede ser que sea muy rebelde y no se gane el agrado de los demás. Entonces, no es humilde, solo vive en un barrio pobre de acuerdo a la ley del karma al cual está sometido.

Ahora vamos a hablar del crecimiento en el camino de regreso a casa. Ningún discípulo en el camino divino puede avanzar ni mucho menos crecer sin someterse a la obediencia y a la disciplina espiritual de su guía; sólo obedeciendo se llega a los más altos niveles de conciencia en el camino que conduce a Dios.

Existen procesos que desde un punto de vista, el discípulo le ve una solución y el guía lo observa de otra manera, pero si hay obediencia, el camino más rápido de salir de dicho proceso es siguiendo a nuestro guía que es el que nos va alumbrando nuestro camino de regreso a casa.

Todo aquél que se encuentra camino hacia Dios tiene que estar dispuesto a enfrentar duros procesos, que son los que lo van a liberar de todas las deudas kármicas que a través del largo recorrido existencial ha venido cargando y que no termina de pagar.

No podemos olvidar que todos tenemos que hacer un trabajo por los demás, eso es el servicio a la humanidad, de esa manera podemos crecer en el camino de la luz.

En el camino divino hay que trabajar con la purificación de nuestro interior y por todo aquél que quiera encontrar el camino de la luz.

Nuestro crecimiento como seres humano lo tenemos que encontrar a medida que vayamos trabajando por todo aquél que quiera hacer un cambio interno, que quiera elevar su conciencia y de verdad ande en busca del camino de la liberación de su Ser.

Tenemos que integrar la luz en nuestro interior, para que de una vez y por todas, poder trascender este plano de energías negativas.

Para lograr un crecimiento dentro del camino evolutivo tenemos que respetar todas las leyes de la Creación incluyendo la ley de la vida de todos los seres vivos de la naturaleza.

El crecimiento tenemos que tenerlo en todos los niveles de conciencias. No podemos dejar atrás ningún aspecto que tenga que ver con el respeto a todo lo que tenga vida.

No podemos olvidar el respeto hacia nuestros guías, ellos son los que nos van alumbrando el camino hacia la luz, hacia una nueva conciencia superior donde nos espera nuestro divino Ser que mora en nuestro interior profundo.

Muchas veces no nos dejamos llevar por nuestros guías y creemos que nuestras decisiones son las más correctas, cuando venimos a ver todos nos sale mal y nos creemos que nos lo sabemos todo.

Por otro lado, existen guías que conocen a todos sus discípulos desde existencias pasadas, conocen todo su recorrido existencial.

Casi siempre, el discípulo no sabe que su guía conoce todas sus vidas pasadas y que se da cuenta por los procesos que puede pasar en la existencia actual. Entonces, tenemos que dejar que nuestros guías nos iluminen en el camino de regreso a casa.

Nuestros guías son las antorchas que iluminan nuestros caminos y que de una manera u otra, quieren el bien para todos sus discípulos que buscan, verdaderamente, la iluminación de su interior.

El ser humano posee un libre albedrío y no es muy agradable para él dejarse guiar en el camino espiritual, ya que él cree que puede saberlo todo.

Muchas veces el guía sufre al ver su discípulo sometido en duros procesos donde no puede ser ayudado por su maestro, ya que si lo ayuda se estará metiendo con su crecimiento evolutivo; solamente, el guía puede ayudarlo con sus sabios consejos y apoyo.

En este camino siempre tenemos que pedir la ayuda de las jerarquías divina, ellas siempre estarán dispuestas a apoyarnos y velar por nuestro crecimiento en el sendero de la luz.

Tenemos que trabajar por nuestro crecimiento, y también, cultivar la obediencia. Estos factores son muy importantes integrarlos, ya que tenemos que avanzar; solo el trabajo interno nos purifica y nos une con nuestro Real Ser.

LAS PROFUNDIDADES CÓSMICAS

Existen diferentes niveles de Jerarquías en la profundidad del cosmos que están encargadas de las humanidades que se encuentran en el momento de ascensión y transición. Estas Jerarquías cumplen con una misión dentro del inmenso cosmos, para que las semillas de las diferentes humanidades continúen siendo parte del equilibrio cósmico.

Así como existe la evolución de las diferentes

humanidades, así también, hay planetas en los diferentes puntos cósmicos que se encuentran sometidos a la ley de la Evolución, este tipo de evolución pertenece a los grandes dioses que se encuentran encargados de la evolución de todas esas humanidades que dentro del cosmos infinito van camino a ascender a otro grado o nivel de conciencia.

Existen seres superiores que se encuentran encargados de diferentes misiones, dentro de lo que se llama la Evolución cósmica; unos se encargan de transportar las semillas humanas y otros las diferentes especies vivientes para la continuación de la Evolución.

Queremos hablarles de algo muy importante en cuanto a este tema se refiere. Hay dioses, que su misión es la de transformar la energía cósmica en los elementos y en los diferentes componentes que existen en algunos planetas evolutivos; entiéndase (planetas escuelas).

Cuando va a haber una Evolución a nivel de humanidades, hay seres que quisieran ver ese gran evento evolutivo, aunque los dioses que se encuentran a cargo de esos grandes momentos no pueden darle participación alguna, por ser este un momento de transición de alto mando cósmico que tiene que ver con los grandes arcanos mayores.

Existen diferentes niveles evolutivos dentro del cosmos, donde algunos dioses están al servicio de grandes tronos; estos son altos rangos cósmicos, que también están encargados de darle la continuidad a la alta evolución superior. Estos grandes tronos están al servicio de altos niveles superiores que tienen que ver con la Evolución superior y con la continuidad de la Creación dentro de lo desconocido.

Cuando hablamos de estos temas tenemos que explicar que hay profundidades que para muchos comprenderlas tienen que estudiar todo lo que venga de la Evolución y entender que la vida se encuentra en cualquier parte del cosmos donde está sujeta a la ley de la Evolución cósmica.

En nuestra humanidad, no podemos irnos más allá de nuestro grado de evolución, todos tenemos que estudiar y profundizar en el saber consciente de la alta espiritualidad superior.

Para todos los seres humanos el hablar de algo desconocido es motivo de conflicto de creencias, ya que estamos sujetos a una conciencia humana de un plano de energía densa, donde estamos limitados por nuestros grados evolutivos.

El cosmos es un cuerpo demasiado expandido que está compuesto por los diferentes sistemas, constelaciones y un sin número de movimientos celestes que conforman el cuerpo de Dios.

Para nosotros comprender todo lo cósmico, primero tenemos que estudiar la vida dentro de cada planeta y a la vez saber cuáles son sus componentes.

En ninguna universidad, colegio y mucho menos en ninguna escuela se estudian estos temas que tienen que ver con la profundidades cósmicas, donde existen los grandes movimientos celestes de diferentes tipos de vida, sólo siendo parte de una escuela iniciática donde se esté dirigido por maestros del conocimiento divino y de la alta conciencia superior, que nos llevarán a conocer todos los misterios que existen dentro de la inmensidad cósmica.

Existen Jerarcas no conocidos por la raza humana ni tampoco por humanidades ascendidas, estos Jerarcas, como hemos dicho en otro capítulo, están encargados de grandes evoluciones a nivel de galaxias completas.

Estamos hablando de los Arcanos Mayores que tienen el poder y la gracia divina, creadores de mundos, galaxias y constelaciones.

Si llevamos al análisis la vida de un planeta, encontramos también los mismos misterios que existen en el cosmos y sus profundidades.

La vida de un planeta está relacionada con el tema que estamos desarrollando. En el punto donde nosotros nos encontramos en el cosmos, también es una de las profundidades y es uno de los movimientos cósmicos, todos somos parte de la misión de los grandes Arcanos Mayores ya mencionados.

No podemos pensar que las profundidades son aquellas que están lejos del punto donde nosotros nos encontramos situados.

Para otras humanidades todos los seres humanos formamos partes de lo que estamos hablando en estos momentos, de ese movimiento y de las profundidades situada en cualquier punto del cosmos.

Nuestra relación con los grandes Arcanos, es la vida que nos da el planeta Tierra a todos los seres humanos de este sistema solar donde vivimos y a la vez donde evolucionamos.

Todos somos producto de la Evolución superior de un Arcano cósmico.

Donde las religiones no se equivocan es cuando dicen: que todos somos hermanos, esa es una realidad. Todos estamos dentro del cosmos y a la vez estamos influenciados por la misma evolución y por los mismos dioses y Arcanos mayores que velan por todas las humanidades y los seres vivos en sus más mínimos nivel conscientivo.

Hemos querido llevarle este tema para aquellas personas que crean que en la profundidad del cosmos no existe la vida y para que tengan conciencia que Dios está donde quiera, en cualquier parte del cosmos infinito, allá donde palpita la vida.

La existencia de todos los seres humanos también es un misterio dentro del cosmos, somos parte de una semilla que forma el equilibrio cósmico dentro de las profundidades de lo infinito.

Todos tenemos que evolucionar en los diferentes niveles y dentro del camino conscientivo, solo que estamos estancados en el océano de las existencias oscuras, navegando por un río de pensamientos negativos que oscurecen nuestras conciencias y no nos dejan avanzar conscientemente hacia nuestra liberación interna rumbo de regreso a casa.

GESTANDO LA COMPRENSIÓN

Cuando el ser humano comienza el camino de la Evolución rumbo hacia la luz, tiene que comprender que no existe ningún discípulo sin guía en el camino que nos conduce de regreso a casa.

Un discípulo siempre va a ser sometido a duros procesos en el camino iniciático.

El ser humano que anda en busca de la luz pasa por diferentes escuelas espirituales, religiones, grupos y creencias. Todas estas andanzas solo hacen que aquellas personas que buscan el verdadero camino, no crean ni en la Evolución ni mucho menos que existen otros dioses; todo esto los limitan a abrirse a la investigación y seguir el verdadero camino de regreso a la luz.

Una vez estando en una escuela de hacer maestros, tenemos que seguir una disciplina espiritual, ya que no existen maestros sin discípulos ni escuelas sin maestros. Esto nos da a entender que si queremos avanzar, tenemos que dejarnos guiar por nuestros maestros o guías del camino ascendente que conducen a Dios.

Existen discípulos que creen que no se le puede dar ningún tipo de consejo; todo esto se debe a que todavía no han integrado lo que es la humildad en el camino de la evolución superior.

Éstos son discípulos que tienen que trabajar con un defecto que se llama, orgullo. Si no se trabaja con ese defecto, jamás puede ningún discípulo avanzar ni aumentar su conciencia, ya que en su interior no existe esa palabra que se llama, humildad.

En el camino de regreso a Dios tenemos que ser obedientes y comprensivos, ya que éste es un sendero de pura luz, y no un camino de desobediencia, prepotencia y del sabelotodo. Dios es lo contrario, es luz diluida en el sendero luminoso que conduce a todo aquél que quiera iluminar su interior.

Todos tenemos que ir gestando en nuestro interior eso que se llama, comprensión, ya que si no comprendemos a los demás no podemos seguir avanzando con nuestro trabajo interior.

El motivo de que un discípulo no avance en el camino radica, en que en muchas ocasiones no ha trabajado lo suficiente con la obediencia hacia sus guías.

Un Maestro siempre quiere el avance para todos sus discípulos, ya que esa es parte de su misión y también de su ascenso.

A medida que uno va haciendo un trabajo dentro del sendero luminoso, tenemos que cada día ir comprendiendo a todas aquellas personas que aún no tienen claro el camino de la conciencia superior.

El trabajo de los que estamos en el sendero divino se encuentra en la comprensión hacia los demás, de no ser así estaríamos cargando con todos los problemas de todo aquél que no quiera avanzar en el desarrollo de su conciencia.

Existen persona que andan en busca del camino divino, pero cuando se le dice que hay que trabajar con todo aquello que tenemos en nuestro interior, que se llama, defectos psicológicos, como lo son: la prepotencia, el orgullo, la delicadeza negativa, la vanidad, el rencor, el odio, la venganza, entre otros defectos más, entonces, no ven con buenos ojos que los corrijan.

No podemos llegar a Dios teniendo toda esa basura psicológica dentro de nosotros; de esa manera no se puede manifestar la parte divina de Dios en aquellas personas que andan en busca de su purificación en el camino de la ascensión humana.

Existen escuelas iniciáticas, que todo aquél que entre en ellas, se convierte en discípulo de un Maestro. Cada escuela iniciática siempre está dirigida por un guía espiritual, ya que todo el que pertenece a ella estará sometido a los procesos o a las pruebas que van a marcar el camino que tiene que recorrer.

Una escuela iniciática se distingue por tener un guía que conoce muy bien el camino por donde va a pasar un discípulo, el cual tiene que ser guiado.

Ahora vamos hablar un poco de lo que es el tema de la ascensión. En el tiempo en que vivimos se está hablando mucho de lo que es la ascensión del planeta Tierra. Estos son eventos que se dan en cualquier parte del cosmos, dondequiera que se encuentre un planeta escuela y dondequiera que se encuentre una humanidad evolutiva.

En cada galaxia, constelación, sistemas solares y planetas existe la vida y también la Evolución, pero en cualquier punto del cosmos se encuentra la semilla humana, ésta no puede en ningún momento desaparecer porque en el cosmos todo está equilibrado.

En nuestro planeta existe una humanidad evolutiva, donde en esto momento se está dando un evento de ascensión con el espíritu del planeta, con relación a todo esto hay humanidades que quisieran tener participación para ver ese momento de transición en nuestro planeta.

Las leyes cósmicas las regulan los altos Jerarcas que están encargados de las transiciones evolutivas de planetas y humanidades, Entonces podemos decir, que ninguna de las humanidades pueden participar del evento que en este momento se va a dar en nuestro planeta tierra.

En el cosmos son muy poco los eventos de transiciones de un planeta o de una humanidad, todo esto se debe a que también no existen muchas humanidades evolutivas que tengan todos los sistemas que nosotros tenemos en nuestros cuerpos.

Hablando de transiciones queremos que comprendan que no es lo mismos la semilla humana que la transición de la raza.

En nuestra raza son muchos los que van a servir de semilla humana cuando venga el momento de transición, esta será llevada a otro planeta dentro del cosmos, es ahí donde la semilla humana es transportada de un lugar a otro para que siga existiendo y continúe el equilibrio en el cosmos.

Cuando venga el momento de transición, todo aquél que haya hecho un trabajo de purificación interna y que se haya enraizado con el espíritu de la Tierra es el que va a participar de esa transición humana. Entonces, unos serán semillas y otros serán ascendidos junto con el espíritu de la Tierra.

Hace unos cuantos años que la ascensión del espíritu de la Tierra se aceleró, trayendo así cambios atmosféricos, geológicos, marítimos y de gran impacto en la naturaleza.

El ser humano desconoce que nuestro planeta es un Ser vivo que posee un espíritu que va en evolución y que tiene que hacer unos cambios en su interior, ya que todo lo que tiene vida está sometido a la ley de la Evolución.

PROCESO DE TRANSICIÓN

El principio de una raza es el final de otra dentro del equilibrio cósmico y la continuidad de las semillas evolutivas.

Cuando un Dios está terminando su misión como espíritu de un planeta, comienza todos los preparativos para efectuarse una transición en algún sistema solar dentro del cosmos.

Existen diferentes niveles de Jerarquías en el renglón divino; nos estamos refiriendo a que cuando llega el fin de una humanidad, entran en acción los llamados Jardineros del espacio, estos son los encargados de transportar las semillas de las diferentes especies hacia los planetas que se encuentran listos para albergar la vida humana.

Vamos a hablar de otro nivel Jerárquico dentro de una transición cósmica; por un lado, tenemos los Jardineros del espacio que como hemos dicho, son los que se encargan de transportar las semillas a los diferentes puntos del cosmos infinito y por otro tenemos a los dioses que son los que crean los mundos, los planetas y todos sus entornos.

Estos son dioses que siempre están creando mundos en cualquier parte del cosmos; esto se debe a que siempre habrá transiciones de humanidades en el cosmos.

En el cosmos siempre existirá un movimiento evolutivo debido a que los niveles de conciencias siempre van en aumento.

Queremos hacerles saber que así como existen dioses encargados de hacer mundos; también, lo hay para transformar la conciencia superior de Dios en los diferentes elementos de la naturaleza.

Estos son temas muy profundos, aunque nos estamos atreviendo a tocarlos, ya que estamos hablando de la transición a nivel cósmico.

Los seres humanos, primero somos conciencia, luego luz, energía, amor y materia. Queremos explicarles todos estos para que puedan comprender, que en realidad, sí hay una transformación de la conciencia de Dios a los elementos de la naturaleza; somos chispas divinas desprendidas de Dios.

La misma palabra lo dice que "somos hechos a imagen y semejanza de Dios", Dios tiene los mismos componentes que todos nosotros.

Volviendo al mismo tema, estos dioses, primero trasladan a todos estos elementos a estos planetas para que sean ellos que comiencen la vida de acuerdo con la transición ya hecha.

Una vez cumplida esta misión de estos dioses con la transición de los elementos, entran con su función las Jerarquías dévicas con todas sus leyes de Evolución.

Cuando los dioses bajan con todos los elementos a los diferentes reinos de la naturaleza, estas son las mencionadas chispas divinas que ese grandioso Maestro Ascendido Desoto dice: que al principio de un planeta bajan millones y millones de chispa para seguir la vida después de un proceso como éste.

Ya tenemos, los Jardineros del espacio, los dioses que hacen el planeta, y por otro lado los dioses que hacen la transición de los elementos.

Una vez un planeta es habitado con toda su humanidad, entra lo que son los famosos enviados por el creador de ese planeta; el cual es llamado: el creador de todo lo que existe.

No nos estamos refiriendo al creador del cosmos infinito, sino al creador de ese planeta creado por ese Dios.

El señor Jehová fue el creador de este planeta, llamado equivocadamente por esta humanidad, el único Dios que existe en el cosmos.

Todo esto es un poco confuso porque la humanidad no sabe ni conoce estos misterios que encierra el cosmos con todas sus transiciones.

El hablar de estos temas es un poco complicado para la humanidad, ya que solamente conocen, las estrellas que observan en el firmamento y sólo saben que existe un sistema solar, y no porque ellos lo han investigado, sino porque se lo han enseñado en las escuelas.

Jehová es un Dios de los tantos dioses que existen en el cosmos, creadores de mundos, sistemas solares y constelaciones.

Todos esos dioses responden al divino creador de todo el cosmos infinito, ese si es, el padre cósmico.

Todo esto es imposible de comprender para las religiones, todos estos misterios, que encierra la Creación, ellos sólo saben creer en lo que no ven.

Todo esto tenemos que investigarlo comenzando por nuestra evolución, entrando al camino de las investigaciones cósmicas, a esos profundos misterios que encierra el cosmos, la Creación y nuestro origen.

En esta obra estamos tratando de llevarles una enseñanza un poco indescifrable por aquellas personas que sólo creen en palabras de otro tiempo que nada tienen que ver con la profundidad cósmica.

Después de todas las transiciones de las que hemos hablado, tenemos que mencionar, que existen los llamados enviados por el creador; ese es el que viene a traer el conocimiento a dicha humanidad. En el caso de este planeta, lo fue Jesús, el Cristo, el tuvo que decir que fue enviado por el padre, sólo porque en aquellos tiempos no se podía hablar de estos temas, pero hablando en profundidad, fue el Señor Jehová quien lo envío después de darse todas las transiciones en el planeta.

Así como se dio ese evento al principio de este planeta, así mismo se da en otro punto del cosmos, sólo que eso no está a la vista de esta humanidad.

Existen muchos Cristos en el cosmos y en los diferentes tipos de humanidades evolutivas.

Jesús, el Cristo, no es el único que existe en el cosmos, como él hay otros Jerarcas que tienen los mismos niveles de conciencia.

También existen otros Jehová en la inmensidad del cosmos, que se le llamará de otra manera, en el lado de nosotros se le llamó: Jehová, Alá, Dios y Creador.

Pero el hablarles de todo esto a esta humanidad, es creer que uno no está en sus cabales, ya que son cosas muy inaceptables para ellos y su nivel de conciencia.

Hemos querido llevarles este tema a todos ustedes mis queridos lectores, para que comprendan la profundidad de los eventos de transiciones que se dan en la inmensidad del cosmos y con todas sus humanidades, y la vez, para que se abran a las profundas investigaciones, ya que el creer no nos lleva a ningún lado del saber consciente.

OBSERVANDO LAS DIMENSIONES

Cada ser vivo, habitante de la creación pertenece a una dimensión donde se mueve de acuerdo a su forma de vida y a su especie; cada especie viene a cumplir con una misión, ya que es importante la evolución de todos los seres vivos; ellos son los que le dan vida a la dimensión donde continuamente se mueven.

Existen Jerarquías dévicas que observan las dimensiones que tienen que ver con la naturaleza, ya que los seres vivos que existen en esas dimensiones no poseen movimiento propio ni mucho menos tienen una conciencia para moverse por sí solo.

Las Jerarquías que están encargadas de la evolución de esas especies, tienen el poder y la gracia de regular la ley que rigen a esas dimensiones.

La mayoría de esas Jerarquías pertenecen al rayo de la medicina, ellas tienen el rango de dioses o semidioses.

Como hemos dicho anteriormente, cada dios tiene su misión que cumplir. En un capítulo anterior, explicamos las diferentes misiones de cada esos Jerarcas encargados de las transiciones cósmicas; si observamos esta misión nos daríamos cuenta, que también es una continuidad de las mismas transiciones, las transiciones van de la mano una de otra, sólo que están asignada a diferentes dioses en cada mundo o dimensiones.

Los seres de una dimensión no pueden ver el plano siguiente a menos que tengan un nivel de conciencia bien elevado.

Sólo ascendiendo del plano de donde uno proviene es que puede ver la dimensión anterior.

Queremos que comprendan que si no tenemos una conciencia de un plano superior, no podemos ver lo que existe en una dimensión altamente conscientiva.

Las dimensiones están divididas por un tiempo y un espacio, eso es lo que nos hace imposible ver los siguientes; sólo elevando nuestro nivel de conciencia, podemos observar con algunas facultades eventos dimensionales superiores.

Un ejemplo son los animales, ellos no nos pueden observar, aunque parezca que nos están viendo con sus ojos físicos.

Los animales actúan por vibraciones y por el olfato, ellos sienten lo que va a pasar porque todavía pertenecen a los reinos elementales de la naturaleza.

El ser humano puede observar los diferentes reinos elementales estos son: animal, vegetal y mineral, pero si nos hacemos una pregunta:

¿podemos nosotros observar las dimensiones superiores, como la sexta, séptima y la octava?, el ser humano no tiene la conciencia ni la preparación para resistir lo que puede ver en esas dimensiones.

Sólo hay un Ser que puede ver todas las dimensiones al mismo tiempo, estos son: los delfines, ellos, aunque no lo crean, son seres superiores de otras dimensiones, tienen una conciencia superior a la del ser humano.

Existe en nuestro interior un agregado psicológico capaz de paralizarnos ante una materialización altamente divina; ese es el miedo; ningún Ser de otra dimensión puede manifestársele a un ser humano que tenga el ego del miedo, eso es un ejemplo de que no estamos preparado para ver los eventos de otras dimensiones.

Una vez el ser humano trascienda esta dimensión puede observarla de donde se encuentre, eso se llama: observando las dimensiones.

Si el ser humano estuviera preparado para observar las dimensiones superiores no sintiera miedo en la oscuridad, ya que en un lugar oscuro sólo lo hace diferente el miedo que llevamos en nuestro interior, eso se llama: tenerle miedo a lo que viene de otra dimensión.

Ya se sabe que existen espíritus malignos que se dan a la tarea de hacerles daño a muchas personas que andan en busca del camino espiritual, pero si llegamos a conocer las dimensiones superiores no hay que tenerle miedo a nada en la oscuridad.

Hemos dicho que las dimensiones están divididas por un tiempo y un espacio que imposibilita la no visibilidad hacia la siguiente dimensión que vienen siendo superiores a la de nosotros los seres humanos de la tercera esfera de la creación.

Todo aquél que estudie estos conocimientos puede llegar a conocer los grandes misterios que encierran las dimensiones, sólo haciendo un trabajo de purificación interna podemos tener ascenso a esa parte desconocida multidimensionales.

Todos los que vivimos en este plano somos seres pensantes que podemos convertirnos en grandes iluminados dimensionales, aunque siguiendo la ley de la evolución, todos vamos a obtener esos grandes niveles de luz y de conciencia.

Todos los que estamos en el camino de la alta espiritualidad superior tenemos que seguir investigando todo lo que tenga que ver sobre las dimensiones inferiores y superiores.

Cuando hablamos de las dimensiones inferiores nos estamos refiriendo a esa por la cual hemos pasado todos los seres pensantes de esta dimensión; esto nos deja saber que, nosotros no somos estáticos en esta tercera esfera de materia densa celular.

Existen prácticas donde podemos acceder a esas dimensiones de las que estamos hablando, quién escribe ha hecho grandes investigaciones en este camino de la iluminación de nuestro interior profundo.

En la creación existen nueve dimensiones, y todas están habitadas por diferentes seres vivos, unos son elementales, otros son pensantes, iluminados entre otros que son altamente divinos, pero para pasar de ser seres pensantes a divino, tenemos que comenzar por lo más elemental de la creación.

Para llegar a ser seres divinos tenemos que pasar por todas las dimensiones, de esa manera, integramos la conciencia de todos los planos conscientivos, ellos son lo que nos van a dar las experiencias necesarias para pasar de una dimensión a otra.

Muchos han oído de las dimensiones, pero no se han dado a la tarea de escudriñar cómo se llega a viajar a través de ellas, ya que somos una parte de la creación y tenemos los componentes necesarios para hacerlo.

Uno de los componentes que tenemos para viajar a través de las dimensiones es: el cuerpo astral.

Con este cuerpo se puede acceder a la quinta dimensión, pasando por la cuarta coordenada para ir a investigar eventos venideros o nuestras existencias pasadas.

Este cuerpo no es más que el mismo con el que soñamos y que durante la noche visitamos diferentes lugares que a veces no nos acordamos donde estuvimos ni por donde pasamos; una cosa es soñar y otra es hacerlo consciente, cuando usted sueña no está tomando dominio de sus actos.

Existe una forma de hacerlo consciente con nuestro cuerpo astral.

Este cuerpo se va formando a medida que uno se va sensibilizando por medio a las diferentes prácticas de relajación y meditación.

INFLUENCIA DE LOS ARCANOS

Vamos a hablar ahora de los Arcanos que tienen grandes poderes en el cosmos y que su misión aún llega a tener influencia en nuestro existir y en la evolución humana.

En el cosmos existen tantas galaxias que no podemos tener una idea de las diferentes humanidades que en ellas evolucionan.

Así como existe la grandeza, longitud y la inmensidad del cosmos, también hay grandes Jerarcas que se encuentran encargados de cierta parte del inmenso y tan grandioso cosmos.

No es posible el crecimiento de esos Jerarcas y la evolución de ellos si no existieran tantas e inmensas galaxias que hicieran posible su nivel en el cosmos.

Tenemos que explicar la diferencia de un Dios y un arcano menor; un Dios puede ser, un

Jardinero del espacio, el que transporta las diferentes especies a otros planetas y el que transforma la energía en elementos, entre otros; a diferencia de un arcano menor; éste está encargado de velar por la evolución de un sistema solar, por todas esas humanidades que van de regreso a casa.

Existen otros Arcanos, que estando en el mismo nivel, tienen como misión velar ciertas partes del cosmos; o sea cuidar o regular todos los movimientos que existen alrededor de su zona asignada.

Si no existieran los Arcanos no sería posible nuestra evolución, sólo con la existencia de ellos en el cosmos es posible nuestros avances y crecimiento en el camino directo hacia Dios.

El crecimiento de todos los seres humanos en el cosmos es una cadena de influencias evolutivas que tiene que ver con la misión de los grandes Arcanos Mayores y Menores.

Estos Jerarcas jamás pueden manifestarse en ninguna humanidad que posean grados evolutivos y que sean humanidades con cuerpos de materia, ni siquiera un maestro ascendido con su cuerpo de energía lo puede hacer.

Cuando hablamos de humanidades con grados evolutivos nos estamos refiriendo a que existen grados y niveles; en nuestra humanidad existen los grados, muy poco los niveles.

Como hemos dicho estos Jerarcas no pueden manifestarse a ningún ser humano de la tercera dimensión, estamos hablando de seres con cuerpo de puro fuego jamás imaginado por un ser humano, ni por algunas personas que estén en el camino de la creencia religiosa.

Sólo aquellas personas que se encuentren en el camino de la evolución hacia otros niveles de conciencias superiores pueden entender estos términos que estamos tocando en este momento.

Mientras algunas personas sigan en el camino de las creencias, nunca jamás van a comprender que existen estos altos niveles de conciencias en el cosmos, mucho menos van a entender que el cosmos es el cuerpo vivo de Dios y que en él nos encontramos todo aquél que va en evolución.

Dentro de los tantos grupos espirituales existen personas que ni siquiera saben cómo se hace una galaxia, ni mucho menos cuáles son sus componentes.

Volviendo a los Arcanos tenemos que explicarles, que una vez cumplida su misión con las diferentes humanidades, comienza el gran trabajo de integrar toda la memoria de todas las constelaciones, sistemas solares, galaxias, y en fin, la memoria del cosmos infinito, esa es la integración del ADN del padre cósmico y la preparación del gran nacimiento de los dioses.

Queremos decirles que los grandes arcanos tienen que integrar lo que son la memoria de cada planeta existente en el cosmos, y en su conjunto, la memoria de la creación.

Todos los seres humanos tenemos una memoria celular, un ADN heredado de nuestros padres, esa es la que marca biológicamente, la relación con sus padres.

Este tema es muy complejo para aquellos que todavía no saben ni siquiera qué es el cosmos y sus misterios, primero tenemos que comprender muchas cosas que para nosotros son imposibles de que existan dentro del cosmos infinito.

Todos los seres humanos tenemos que saber que somos partes de la creación y de la naturaleza; en una de mis obras explico, que nuestro cuerpo pertenece a la naturaleza y nuestra parte interior es la de Dios, esa es la parte divina, la que viene a evolucionar, el cuerpo sólo es un traje de expresión de esa conciencia que trae una misión y que tiene que cumplir a través de las existencias, es esa parte desprendida de Dios.

El hablar de la ascensión humana, es cursar en una profundidad del conocimiento divino, del nacimiento humano, de la relación de padres e hijos, cómo se forman los elementos y en realidad es un poco complejo.

Muchas personas usan lo que es la práctica con cartas que representan a los Arcanos, pero no saben qué cosa son los Arcanos, Mayores ni Menores, en realidad ni siquiera conocen el significado que encierra esa palabra de esos Grandes Jerarcas.

Sólo aquél que se encuentra en el camino de regreso a casa, y que investiga la evolución en su profundidad puede conocer y comprender los tantos misterios que existen en el camino de nuestra evolución interior, de esa misión que tenemos que cumplir en los diferentes planos, donde se encuentran las experiencias que nos van a elevar nuestro nivel de conciencia.

Jamás puede el ser humano comprender estos temas si no comienza a estudiar su propio origen y a la vez conocerse a sí mismo.

Hemos querido hablarles de la influencia de los arcanos para que tengan una idea del trabajo que nos queda por efectuar en el camino de la liberación de nuestro interior. No podemos dejar para después nuestra evolución.

Con esto dejamos saber, qué profundo es el cosmos, cuantos niveles de Jerarquías existen y aún no hemos comenzado a caminar hacia los desconocidos: nunca dejaremos de caminar en el camino eterno de nuestra evolución.

La profundidad del camino es tan profunda que aún para los dioses existen misterios y misterios.

En el libro, "MAS ALLÁ DE LA CREACIÓN", encontrarán parte de este tema que hemos querido llevarles con mucho gusto para el crecimiento de su conciencia.

DE LA CREENCIA A LA INVESTIGACIÓN

En el mundo espiritual son muchos los que buscan el crecimiento divino, aún cuando están dispuestos a llegar a Dios, la misma creencia se convierte en un obstáculo en el camino de regreso a casa.

Todas estas personas poseen un gran anhelo de convertirse en instructores de la humanidad, y ponerse al servicio de las Jerarquías divinas, pero mientras estén estancados por creencias ya pasadas y no creer que existe una evolución muy diferente a su conocimiento adquirido a través de las religiones, se pasarán muchas existencias tratando de llegar al verdadero camino de la evolución humana.

Hay que comprender que no todos están registrados en ningún libro sagrado que pueda dirigir a la humanidad en el sendero divino.

Muchas son las creencias que les obstaculizan el camino de aquellas personas que quieren unirse con Dios, enseñándoles que sólo existe una sola Jerarquía, y que, ese es Jehová, entre tantos nombres que tiene en las diferentes religiones que existen.

Tenemos que decirles que antes de que Jesús viniera al planeta, existían otras Jerarquías que estaban a cargo de este hermoso y bello sistema solar, incluyendo nuestro planeta azul.

No es posible creer que no existan otras Jerarquías en la creación; Jehová no es el creador del cosmos, él es una de la más altas Jerarquías que existe en esta parte del inmenso cosmos.

A través de los tiempos, han existido diferentes Maestros de la sabiduría divina que se han dedicado al servicio de esta triste humanidad durmiente, que sólo saben creer sin investigar.

Es triste saber que existen personas que creen que pueda existir un libro sagrado que posea todas las sabidurías, que exista en el cosmos y en el universo. En ningún libro está escrito, ni estará jamás, todos los conocimientos de los diferentes dioses que existen en el cosmos.

Antes de Jesús venir a esta humanidad, hubo una fuerza y un poder que creó este planeta, esa fue: el poder y la gracia del señor Jehová, de ese divino Dios que creó esta parte del universo.

Aquél que siga creyendo en las diferentes teorías nunca avanzará en el camino de regreso a Dios. El leer y creer no nos lleva a ningún lado, ni mucho menos nos aumenta la conciencia, ya que sólo investigando y practicando llegaremos a comprobar que existen niveles; y niveles de Jerarquías divinas.

Vamos hablar de las leyes y las dimensiones.

Cada dimensión tiene sus leyes que la rigen, y a su vez tienen diferentes Jerarquías que cumplen con su misión.

Esas leyes son la que regulan todas las violaciones que se cometen en contra de los seres que habitan en tal dimensión; en algunos libros sagrados también hablan de las leyes y las dimensiones de la cual estamos hablando. Cuando dicen: que existe el reino de los cielos, es triste saber que esta humanidad ha crecido con la creencia de que aquello que estamos impuesto a ver, ese firmamento azul, que es el cielo; no se dan cuenta que existe una realidad de que nuestro hogar es el Planeta que se encuentra en un espacio y en un universo, ¿dónde quedaría la teoría de que lo que estamos observando es el cielo?, también en ese libro sagrado no sólo habla de un cielo, habla de varios, observen las palabras: "el reino de los cielos".

Si hacemos un estudio, podemos darnos cuenta, que esos cielos no son más que las dimensiones de las que estamos hablando en estos momentos, eso nos da a entender que esas dimensiones las rigen otras Jerarquías divinas, quedando a tras la teoría de que no existen otros niveles de humanidades y Jerarquías en el universo y en el cosmos.

Para muchos de los que creen que Dios sólo se manifiesta hablando en diferentes lenguas, y que el Espíritu Santo entra a dar patadas a diestra y siniestra; tenemos que decirles que ese no es Dios ni mucho menos el Espíritu Santo, Dios es paz, tranquilidad, armonía, dulzura y sencillez; las manifestaciones de Dios son sencillas, como sencillo es su amor y su bondad.

Muchos se catalogan como los grandes espirituales, que aman a Dios y que están al servicio de él, pero nunca respetan sus leyes y sus manifestaciones.

Si todas aquellas personas que dicen ser altos espirituales respetaran las leyes de Dios, tuvieran más conciencia de lo que son las manifestaciones de ese grandioso creador.

El amar a Dios tiene un gran significado en el camino espiritual, ya que hay que conocer todas sus manifestaciones, y a la vez respetarlas.

El ser humano vive en un mundo de pura creencia y para poder avanzar tiene que comenzar a investigarse a sí mismo, ya que ni siquiera saben de donde es su propio origen, sólo sabe que son hijos de un hombre y una mujer, que también están en un sueño que parece no tener fin.

Los seres humanos tenemos que estudiar el por qué respiramos, y a la vez saber por qué tenemos un cuerpo celular, ¿de dónde venimos?, ¿cuáles son nuestro componentes?, cuando lleguemos a saber de dónde venimos, entonces estaremos en el camino conscientivo y no en el de la creencia.

En este libro hemos querido concientizar a todo aquél que se encuentre en el camino de la creencia, ya que ese es un camino que conlleva al estancamiento espiritual y no a elevar nuestra conciencia respetando todas las manifestaciones de Dios con todos sus reinos.

Para el mundo de la creencia son limitadas las manifestaciones de Dios; ellos no ven como una manifestación del divino Señor creador de que todo lo que existe: el aire, nuestro sol, las vegetación, los pájaros, los animalitos, las estrellas y el universo con todos sus movimientos; es parte de la creación en su conjunto.

Cabe hacerle una pregunta a todo aquél que cree tanto en antiguas palabras y en viejas grabaciones psicológicas: ¿por qué los astronautas cuando viajan al espacio no encuentran el llamado cielo, y sólo salen al espacio exterior donde se conjugan las estrellas y la belleza se hace inagotable?

Es absurdo pensar que cada Planeta posee un cielo, y que cada uno de ellos tiene un Dios creador del cosmos, eso es lo que podemos pensar en el mundo de la creencia, el tan sólo saber que cada habitante, de cada planeta mire hacia arriba y piense que lo que está observando es el cielo; entonces, existirán muchos cielos, debido a que el cosmos está lleno de sistemas solares y de inmensas galaxias.

Tenemos que abrirnos más al estudio cósmico y a la lógica superior.

El camino de la sabiduría divina es muy amplio y nos invita a comprender y a estudiar todas las manifestaciones de Dios dentro del campo espiritual, no de la creencia, una cosa es creer y otra es saber.

El creer no es del sabio, solo aquél que investiga sabe.

INFLUENCIA PSICOLÓGICA

Vamos a hablar de cómo se estanca una persona en el camino espiritual.

Todo aquél que busca el camino divino tiene que vivir sus propias experiencias, ya que cada uno de nosotros tiene que tener su propio crecimiento individual dentro del sendero divino.

Muchos somos influenciados por personas que quieren imponer sus propios criterios; por tanto, hay que saber que las experiencias de otro no nos sirven para nada en nuestro camino evolutivo.

Cada ser humano viene con una misión, la cual tiene que cumplir internalizando sus propias experiencias, que le servirán para su crecimiento en el camino de regreso a casa.

Las experiencias de un ser humano es el resultado de las existencias pasadas que una persona haya pasado, y que de hecho, viene a internalizar a través de su caminar en el sendero luminoso.

Todos hemos forjado nuestras propias experiencias; ya sea, en esta existencia o en otras ya pasadas, sólo que no sabemos cuándo, dónde o en qué lugar vamos a internalizar en forma de proceso estas experiencias.

Cuando la persona que busca el camino de regreso a casa encuentra el verdadero camino, todos estos procesos pasan en forma consciente, ya que se encuentra en un sendero luminoso de conciencia divina.

Es hora de ir en busca de una disciplina conscientiva que nos lleve a comprender que somos una chispa divina habitante del cosmos, que vamos de regreso a casa.

Si no comprendemos lo que somos, no podemos entender la realidad de nuestro existir, ni mucho menos para donde vamos.

Existen líderes y guías espirituales que en este momento se encuentran cumpliendo su propia misión, sea en una religión, en un grupo espiritual o en cualquier tendencia evolutiva; y eso está muy bien en el camino divino, pero no podemos dejarnos influenciar por sus propios caprichos; de que no hay que investigar todo aquello que nos pueda hacer crecer y que nos aporte un crecimiento a nuestra conciencia.

Todo guía debe saber dirigir conscientemente a todo aquél que lo sigue, y ofrecerle cada vez más su ayuda incondicional, ya que todos los que buscamos un nivel de conciencia superior queremos llegar a la más alta esfera luminosa dentro de la longitud del camino evolutivo.

Un líder siempre tiene que saber comportarse ante un fiel seguidor de su grupo al cual está dirigiendo, hay que saber dirigir con sabiduría, con una conciencia clara y transparente, dar un ejemplo de su comportamiento moral, conscientivo e imparcial, sólo así estaremos dirigiendo, no a base de nuestros propios criterios, sino con mucho amor y conciencia ante todo.

Un guía en ningún momento puede empañar su misión imponiendo su actitud egoica y errante ante los seguidores que buscan la armonía y el crecimiento de la luz en su interior.

Debemos estar claro que en este camino sólo nos puede hacer crecer aquel líder o guía que entienda que el crecimiento de sus discípulos es el de él mismo.

En el sendero divino existe lo contrario a cualquier compañía, aquel líder espiritual que estanque a un discípulo se está estancando así mismo, ya que como hemos dicho en el párrafo anterior, el crecimiento del discípulo es el del guía.

Un líder espiritual debe estar pendiente en su avance y en su crecimiento interior, ya que si él no avanza, sus seguidores tampoco lo hacen, él es el ejemplo a seguir, y si no lo hace se convierte en un seguidor más de un grupo sin guía.

Una cosa es mandar y otra es saber dirigir; en el camino que nos conduce a Dios no podemos mandar, eso sólo aplica en una compañía que tenga un dueño y que quiere que las cosas se hagan a su manera y no de otra, eso se llama "mandar".

Por otra parte, saber dirigir es darle la participación a otra persona que quiera aportar sus ideas y que entienda que puede ser beneficiosa para el crecimiento de todos en este camino conscientivo.

Se dirige con conciencia, amor, sinceridad, fraternidad, humildad y, ante todo, con la sencillez más grande de nuestro Ser, eso es saber dirigir en el camino divino.

Para poder dirigir, debemos hacer un trabajo de expulsión de todos los defectos que obstaculizan nuestro avance espiritual; es importante barrer con todas las debilidades que existen en nuestro interior profundo, sólo así podemos aumentar nuestra conciencia y hacernos consciente del camino en el que estamos.

No podemos avanzar si estamos llenos de tantos defectos psicológicos que entorpecen nuestra evolución y que no nos dejan cumplir con la divinidad y con la misión que nos han encomendado en esta humanidad.

Es un privilegio ser un representante de las Jerarquías divinas, siempre y cuando actuemos con humildad y conciencia en el camino de regreso a casa.

Hay que dejar atrás todas influencias negativas, ya que eso no es beneficioso para el crecimiento de la conciencia en nuestro interior.

En este capítulo hemos querido llevarles un mensaje a todos aquellos guías, dirigentes, espirituales o líderes que lean este libro, que comprendan que todas las personas que andan en busca del sendero divino, siempre confían en su guía y en la ayuda que le puedan ofrecer; no podemos darnos el lujo de ser obstáculo de su avances conscientivo.

El camino es para todo aquél que quiera crecer y llegar victorioso a la luz, todos somos conciencia, sabiduría y luz emanada del creador.

Nuestro comportamiento es el reflejo del crecimiento positivo o negativo que hayamos obtenido en el vaivén de las experiencias de las existencias vividas.

Debemos usar el látigo de la conciencia para barrer con todos los defectos que habitan en nuestro templo corazón, hay que ser perseverante con la limpieza interior, ya que eso es lo que nos asegura la unión con Dios.

Hay que tener siempre ese látigo conscientivo para no dejar entrar ningún pensamiento negativo que oscurezca nuestra conciencia y nos hagan cometer errores que atrasen el avance hacia la luz.

Debemos llevar la luz donde haya oscuridad; al igual que la evolución donde haya estancamiento, sólo así podemos ayudar a la humanidad en su búsqueda del camino conscientivo.

Queridos líderes, guías o dirigentes espirituales, ayuden a otros para que se conviertan en más líderes.

Sabrá que ésta no es una compañía, sino un camino conscientivo.

Si hace crecer a otro, crecerá más.

EL DESPERTAR INTERIOR

Todo aquél que se encuentre en el camino de regreso a casa siempre ha vivido en un sueño que parece ser eterno, viajando de existencias en existencias, sumergido en un valle de errores y delitos.

El ser humano nace dormido y actúa de la misma manera, no sabe de qué lugar viene, ni quién fue, que hizo, ni tampoco que cometió, sólo sabe que es hijo de un hombre y una mujer pero nada más.

Queremos que comprendan que todos formamos parte de un interior que está dormido y que de un momento a otro podemos despertar.

Sólo aquél que deja atrás el mundo de los vicios está llamado al despertar interno.

El despertar interno se logra haciendo un trabajo por la humanidad y por nosotros mismos.

Todo iniciado siempre debe vigilarse de momento en momento; sólo así puede ir eliminando todo tipo de errores, delitos y malas costumbres; principalmente, tenemos que hacer un cambio en nuestro interior, eliminar de una vez y para siempre, todo lo que tenga que ver con el mal comportamiento y con nuestras actitudes negativas.

Todo aquél que busca un cambio tiene que estar dispuesto a transformar su vida, de ahí depende el despertar de su interior, saber quién es en realidad, cuál es su misión y qué hace aquí.

El ser humano sólo sabe que existe, pero no conoce su trayectoria dimensional, siempre vive muriendo y naciendo de existencias en existencias, cambiando de cuerpo de un país a otro; el cuerpo humano sólo es un traje que sirve para abrigarnos en cada existencia.

Si nosotros estuviéramos despiertos nos acordáramos de todas las existencias por las cuales hemos pasado, también no soñáramos, lo hiciéramos conscientemente; pero nuestro interior está completamente dormido.

Cuando el ser humano comete un error, lo hace dormido no sabe que está actuando en contra de su propia existencia, está construyendo sufrimientos, amarguras y dolor; nosotros somos lo que pensamos, si lo hacemos positivo así va hacer nuestra existencia, y si lo hacemos negativo estamos gestando una existencia no muy agradable.

Son muchos los seres humanos que nacen solamente para pagar deudas kármicas producto de lo que gestaron en otras existencias, sólo se oye el lamento de que nacieron en la vida para sufrir y llorar y que nada bueno le pasa; ¿por qué no parar ese sufrimiento en esta existencia despertando aquí y ahora?, es hora de hacer un trabajo de purificación interna, eliminar de una vez y por todas las actitudes negativas que nos atormenta nuestra existencia humana.

Si cada día, cuando nos levantemos, nos hiciéramos las siguientes preguntas: quién soy, de dónde vengo, qué hago aquí, cómo estoy actuando y cuál es mi misión; si cada día que amanece nos hiciéramos esas preguntas estuviéramos despertando y cometiendo menos errores.

Nosotros somos una chispa divina, sólo que tenemos una personalidad errante llena de defectos psicológicos, malignos, que ocupan nuestra mente humana y obstaculizan nuestra evolución.

En esta obra estamos tratando de concientizar a todas aquellas personas que quieran hacer un cambio radical de sus actitudes negativas, ya que el actuar negativamente no nos lleva a la liberación final, al despertar interno.

Tenemos que liberarnos de todas las ataduras que nos impida nuestro avance espiritual, nuestro despertar en el camino de regreso a casa; no podemos estancarnos en este valle de lágrimas y sufrimientos, nosotros sólo somos transitorios por este plano de conciencia humana.

Les hacemos un llamado a todo aquél que ande en busca del camino de regreso a casa que no descansen, que busquen el verdadero sendero que lo haga despertar en esta existencia que ahora nos ha tocado vivir nuevamente en otro cuerpo y en el lugar que nos encontramos en este momento.

Es importante saber que sólo creer que existe Dios no nos ayuda en nada en nuestro camino, el creer, no salva a nadie, Jesús, el Cristo, tampoco lo hace, sólo las técnicas y la sabidurías bien aplicadas es la que nos salva a todos.

Sólo sabemos que estamos en el verdadero sendero cuando encontremos un grupo que esté trabajando con todos los agregados psicológicos que se encuentran en nuestro interior profundo, estos son: el odio, el rencor, ira, prepotencia, resentimiento, crítica, la codicia, venganza, mentira y entre tantos defectos que tenemos en nuestro interior.

Todos estos defectos son las diferentes manifestaciones negativas que todos tenemos y que no nos dejan avanzar en el camino divino y que nos impiden ser consciente de nuestros actos en el sendero evolutivo.

Existen grupos que se dedican a expulsar todos estos defectos del interior de cada quién; a esto se le llama la limpieza del templo, de ese templo al cual Jesús se refería cuando sacó aquellos mercaderes que tanto mencionan algunos libros sagrados, eso son simples simbologías, ningún ser tan divino puede sentir ira para darle latigazos a personas que se estén ganando la vida vendiendo algo en un lugar.

Esos famosos mercaderes de los que tanto se ha hablado, simplemente, eran todos los agregados psicológicos que habitaban en su corazón, Jesús sólo estaba haciendo una limpieza de su interior, el látigo simbolizaba la voluntad, o sea "el látigo de la voluntad".

Son muchos los que creen que fueron a los árabes con turbantes que Jesús sacó del templo y que lo hizo lleno de ira y con un látigo de trabajar con bueyes.

Todos los libros sagrados están llenos de simbologías, y a través del tiempo han confundido a la humanidad dejándolo sumergido en plena confusión, con grabaciones psicológicas que son un poco cuesta arriba borrarle tales mentira de su creencia y de su interior.

Todos esto, sólo ha sido como un maleficio para la humanidad, han aniquilado sus avances hacia la verdadera realidad; quién ha dicho que existían nubes de fuego, cuando en realidad eran de agua, y que también, habían carruajes de fuego cuando, eran naves cósmicas, y por otro lado, la absurda creencia de que a la mujer se sacó de la costilla de un hombre; entonces dónde queda la evolución humana.

Queremos decirles que tanto la mujer, como el hombre, fueron traído de otro sistema solar, de otras galaxias del cosmos infinito, el hombre no se hizo aquí en la tierra, todos somos semillas del exterior, de otras civilizaciones que estuvieron su final desastroso, como está sucediendo ahora con esta humanidad dormida que aún estamos en los tiempos finales y no nos damos cuenta de lo que está pasando.

Queremos que entiendan que no todo el conocimiento está en uno o dos libros sagrados, ahí no entra todas las Jerarquías sagradas ni tampoco entra el cosmos infinito, antes de Jesús venir a este planeta ya existían las galaxias, el cosmos con todas sus expresiones, es un poco ridículo pensar que sólo vamos a creer de la venida de Jesús para acá y que lo otro no importa; lo vamos a dejar con una de las palabras de Jesús cuando dijo: "Mis enseñanzas no son de este mundo", ¿a qué mundo se estaba refiriendo ese Gran Ser?

LA PLASMACIÓN DE UN MAESTRO

Cuando un discípulo viene a través de las existencias en busca de la liberación de su Real Ser, haciendo un trabajo por la humanidad y por sí mismo; llega a un momento donde comienza a sentir la vibración de su Ser en su interior y la emanación del conocimiento, que cada día va comprendiendo, y a la vez fluyéndoles.

Un Maestro es una fuente inagotable de conocimiento divino donde el discípulo se nutre para seguir creciendo en el largo camino que le espera en la longitud cósmica.

Un discípulo tiene que ser perseverante en el camino iniciático, ya que se encontrará con duros procesos que le van a templar su Ser y su espíritu.

Cuando un Maestro está en proceso de nacer, son muchos los que no aceptan su nacimiento, ya que todos están acostumbrados al conocimiento que han seguido hasta el momento.

Cuando un Maestro comienza a surgir no hay parada, va constantemente plasmando su conocimiento en su verbo, y en su conciencia; el Maestro es una fuente del conocimiento divino, que a través de su bodhisatwa, va cumpliendo su misión con los discípulos y la humanidad.

Debemos ser obedientes en el caminar divino, ya que hasta las hormigas tienen su guía.

Cuando un discípulo llega a la maestría, es porque ya ha pasado por muchas experiencias, que en el vaivén de sus existencias había forjado y que tuvo que pagar con duros procesos para llegar a la liberación de su Ser.

Un Maestro conoce todos los procesos por el que un discípulo pueda pasar, ya que él conoce muy bien ese camino de la purificación interna.

Hay que respetar a todos los Maestros que surjan en este camino, ya que ellos son la representación divina en este plano de seres pensantes.

Todas aquellas personas que quieran liberarse del sufrimiento, las amarguras, el dolor y los duros procesos de este plano, sólo se tienen que someter a una disciplina divina, al campo de las iniciaciones donde nos encontramos de frente con los errores cometidos a través de las existencias humanas.

Es fácil decir: "yo creo en Dios"; por otro lado, no es lo mismo enfrentar todos los errores cometidos en contra de las leyes de la naturaleza y la Creación.

Creer en Dios no nos lleva a la liberación de nuestro interior, eso es simple creencia que no nos sirve para nada, el respetar las leyes que rigen a todos los seres vivos y a todas las manifestaciones de Dios; eso es amar al divino creador de todo lo que existe.

Para darse el nacimiento de Dios en nuestro interior tenemos que cumplir con muchas cosas que son muy importantes en el camino divino.

Primero tenemos que someternos como hemos dicho anteriormente a una disciplina espiritual, luego a la purificación interna, eso es sacar todos los defectos psicológicos y malas costumbres, pagar viejas deudas kármicas, ser obediente y humilde, y trabajar por la humanidad ayudándola a que encuentre el camino de la evolución humana.

Sólo así podemos avanzar e integrarnos con la luz divina.

Son muchas las razones por la cual el surgimiento de un Maestro se respeta, primero: por tener el valor de enfrentarse a los duros procesos para su purificación de su interior, segundo: porque estará al servicio de la humanidad y de otros discípulos que quieran llegar a la maestría, y tercero: porque las manifestaciones de Dios en el interior de un Maestro es una gran aportación a la humanidad en este tiempo de transición dimensional.

Cuando se llega a la maestría es porque se ha hecho un gran trabajo en sí mismo, es ahí donde comienza el camino de la ascensión humana, rumbo hacia el reino de la energía, hacia una nueva misión donde estará al servicio de otras humanidades.

Eso es lo que nos espera a todo lo que nos encontramos en este camino de la evolución humana.

Son mucho los que quieren llegar a la maestría, y aún no encuentran el camino que les enseñen las técnicas eficaces y precisas para poder lograrlo, sólo así pueden salir del sueño dimensional de este plano conscientivo humano.

Todo aquél que llega a la maestría, es porque ha internalizado toda la conciencia de este plano humano.

La conciencia es la que se convierte en luz, ese es el traje del Ser, el que le va a servir para habitar en el reino de la luz.

El camino para llegar a la Maestría es duro y doloroso, es donde se pagan todas las deudas kármicas, las cuales venimos arrastrando de existencias en existencias.

Hablando de lo que es el conocimiento, un Maestro trae su propias sabidurías, es ahí donde vienen diferentes controversias, en ningún momento cuando se llega a la Maestría se puede dar el conocimiento de otro Maestro, cada Maestro definitivamente tiene su misión y está acompañada de su propia línea de sabiduría, lo cual lo hace diferente a otro.

Es un error pensar que vamos a oír la misma enseñanza de un sólo Maestro; el gurú siempre seguirá siendo nuestro guía, eso no significa que ya no lo va hacer, otro conocimiento seguirá surgiendo en el camino de regreso a casa.

El conocimiento fluye incesantemente, continuamente, todo va evolucionando, nunca podemos estancarnos en el caminar eterno.

En esta obra estamos hablando de la ascensión humana, este es un tema donde se puede explicar muy bien lo que es el camino de la Maestría, este camino es un poco pedregoso, ya que es donde cada iniciado que se decide llegar a la luz tiene que enfrentar su propia carga kármica, y a la vez la ingratitud de la humanidad, no obstante tiene que estar al servicio de ella, ya que un Maestro no posee ningún agregado psicológico que lo haga cometer algún error.

Cuando se llega hacer un Maestro ahí no se termina el trabajo, sólo se ha llegado a la Maestría, a tener un cuerpo de luz y no de energía.

La profundidad de un Maestro es como un misterio, nunca se sabe cuántas sabidurías puede emanar de su interior, ni el mismo bodhisatwa lo sabe, es como un manantial de sabiduría que nunca tiene fin, es una porción de Dios expresado en un ser humano, es un manantial que viene de la fuente divina.

Por todo ese trabajo, es que se debe tener un gran respeto y obediencia hacia un Maestro, estas son palabras mayores.

Cuando hablamos de un Maestro nos estamos refiriendo a la representación divina de Dios en el camino de regreso a casa.

A la Maestría no se llega de la noche a la mañana, para llegar victorioso hay que hacer un trabajo monumental, dentro de nosotros mismos, hay que barrer con todo tipo de desobediencia, prepotencia y de arrogancia.

Existen discípulos que nunca hacen un trabajo interno y caen en plena desobediencia en el camino iniciático.

En este sendero debemos siempre estar alerta, ya que todos estamos trabajando con los agregados psicológicos que es el mayor reto que tiene este plano de seres pensantes.

Este plano es el más denso que tiene la creación; hablamos de nuestra línea evolutiva.

TIEMPO DE RESCATE

A través de los tiempos se le viene avisando a toda la humanidad de ese gran rescate que nos espera y que ya se está por dar en este planeta llamado Tierra, es hora de recoger las semillas sembradas por los grandes Jerarcas del cosmos infinito.

Existe un gran despertar en todo aquél que busca la transición humana, su propia evolución.

El tiempo ya se acabó es hora de sentir el llamado del espíritu de la madre tierra, son muchos los avisos que la tierra nos ha dado por amor a todos nosotros, los seres humanos, que buscamos nuestra propia evolución.

Todo aquél que haya sentido ese llamado tiene que por conciencia propia, ir en ayuda hacia aquellas personas que todavía se encuentran en plena inconsciencia de lo que está pasando en nuestro planeta Tierra.

El conjunto de una humanidad no es para siempre, ya que donde quiera que haya una, existe un plan de transición, hay un tiempo de trabajo evolutivo.

Una humanidad no está hecha para siempre en un planeta. De acuerdo a la ley de evolución, todo en el cosmos se tiene que mover para darle paso a otra época, a otra humanidad o para darle paso a la misma transición del planeta, ya que él también está en evolución.

Todas las razas que en este planeta existen, son producto de una transición o de un movimiento evolutivo que en el cosmos; por una razón u otra, tuvo que darse en algún rincón, siendo trasladadas al planeta Tierra por Jerarcas que están encargados de no dejar extinguir la semilla humana en el cosmos.

Hay que analizar que una raza se mantiene pura hasta que no se mezcle con otra, pero si no lo hace se mantiene con su misma pureza, la cual trajo de origen; o sea, una raza no puede salir de otra tomando otro tipo de color ni de rasgo.

Queremos decirles que ninguna de las razas que en nuestro planeta existen no son de aquí, ni tampoco hicieron como dicen por ahí un Adán negro y una Eva blanca porque tampoco podía funcionar, de esa mezcla iba a salir una raza mestiza, ya no era pura en su totalidad.

A través del tiempo va desapareciendo la verdad en cuanto a lo que son la diferentes razas que existen.

Queremos decirles que cada una de esas razas fueron traídas: una de la constelación de las pléyades, otra de la constelación de orión, y de los demás puntos del cosmos infinito.

El hombre no fue hecho aquí en este planeta, como lo dicen muchas religiones, con diferentes teorías que carecen de sentido común una de la otra.

Para poder traer el hombre aquí se tuvo que hacer este planeta de acuerdo a su evolución y su sistema de vida.

Si observamos el entorno de cada raza, podemos observar que la negra vive en un terreno adecuado a su sistema de vida; también, podemos darnos cuenta que la amarilla también vive diferente a la negra, la forma de vida de la raza roja está adecuada a ella, al igual que su terreno, y así sucesivamente.

Esta humanidad no sabe de qué rincón del espacio exterior viene, sólo sabe que existe aquí en este planeta Tierra.

Queremos decirles que no hay algún fruto que sea prohibido por las Jerarquías divinas, estos han sido grabaciones, como los que han informado todo el tiempo algunos libros sagrados diciendo que la manzana es una fruta prohibida, y que por ese fruto fue que se cometió el error más grande de esta humanidad, eso es solamente grabaciones psicológicas que algunas religiones le han puesto en el camino a todo aquél que busca el verdadero camino de regreso a casa.

Si nos vamos a tiempos remotos, encontraremos muchas civilizaciones con culturas muy diferentes a esta raza; a la cual pertenecemos hoy en día; podemos mencionar algunas de ellas: los Aztecas, Chichimecas, los Incas, los Mayas, Atlantes, Arios, Protoplasmáticos, Asirios, Cíclopes, entre otras razas, que habitaron en un principio este Planeta; estas razas eran seres del espacio exterior, de los diferentes puntos del cosmos infinito que ya no están en el planeta y que han dejado sus huellas como los son las diferentes ruinas que de cada uno conocemos, ejemplo: las pirámides, monolitos y las ruinas Mayas en Perú, esas fueron civilizaciones que decidieron irse de este planeta, dejando sus culturas establecidas entre esta humanidad.

En esta obra como lo dice su nombre: ASCENSION HUMANA vamos a encontrar la verdadera historia de este planeta con todas sus razas que han pasado por él y que esta humanidad desconoce por completo.

Todas estas razas son semillas perteneciente al cosmos infinito, lo cual todas estas culturas se le salen de las manos a todas las religiones que tanto han dicho que solamente se tiene que creer en un sólo libro y el que no cree estará condenado y castigado por Dios.

Dios nunca obliga a nadie a creer en ningún libro ni tampoco castiga a ningún ser vivo que pertenezca a la creación, de ser así todas estas culturas de las cuales hemos mencionado en esta obra, también serán castigadas por no seguir las enseñanzas que en estos libros se encuentran.

No podemos creer que todas las humanidades que existen en el cosmos también tienen el mismo libro, ellas son parte de Dios, y no tienen que estar sujeto a una literatura; la cual ya se encuentra como una reliquia de un tiempo lejano que no nos sirve para nuestra evolución humana.

Es absurdo pensar que un cosmos tan inmenso lo iban hacer para una sola humanidad y para un solo planeta evolutivo, esa palabra de evolución lo dice todo, nos confirma que hay otro tipo de seres vivientes en el inmenso espacio sideral.

Entre los científicos y las religiones han puesto a esta triste humanidad a no creer que existen otras formas de vidas en el espacio infinito, el mismo Jesús dijo que: "sus enseñanzas no eran de este mundo" y que a él lo habían enviado, cabe hacer una pregunta: ¿de qué sitio vino Jesús y de qué lugar eran sus enseñanzas?, son muchas las preguntas que descubren un sin números de misterios y cada una de ellas tienen su respuesta.

En ninguna mente humana puede caber que Dios sólo existe para este sólo planeta, eso es tener una mente muy reducida, una capacidad de análisis muy pequeña, ese es el fruto de tantas teorías falsas que a la humanidad les han impuesto y les han hecho creer.

En este capítulo hemos querido llevarles una serie de respuestas a muchas inquietudes que existen, y que no todo el que está en el camino de Dios lo sabe, existen muchos caminos, uno están obsesionados, otros son sinceros equivocados y algunos dicen tener la única verdad.

Todo lo que hemos escrito en este capítulo es para que comprendan que no sólo los seres humanos de este planeta somos hijos del Creador, y que existen otras civilizaciones en el espacio sideral, en el cosmos, en otras galaxias, constelaciones y sistemas solares, que la creación es muy inmensa y que Dios no solamente está en este planeta, él rige todo cuanto existe.

EL MOMENTO FINAL

Nuestra humanidad ha llegado al final de su propia raza en este planeta de evolución humana, cuando hablamos del final de la raza humana nos estamos refiriendo a un gran momento de transición donde se separa lo que es las semillas de esta humanidad y la ascensión de nuestro planeta.

El noventa por ciento de los seres humanos se han dado a la tarea, de que poco a poco, contribuyan a la destrucción de los bosques, la contaminación de los cuerpos de aguas, la extracción de la sangre del planeta y la caza de animales, entre otras destrucciones; en la cuales ha colaborado destructivamente hablando.

Todo está preparado para consumarse, el plan divino con esta humanidad que tanto daño le han hecho a este planeta.

Estamos en el momento de separar las pajas del grano, son muchos los que se van a lamentar no haber oído el llamado hacia la evolución, hacia el regreso a casa.

Estamos frente al gran rescate de las semilla humana, todo se va a cumplir como está establecido por las Jerarquías divinas; fueron muchas las oportunidades que se le dio a esta humanidad para que recapacitara y cuidara su hogar; aunque el hombre quiso destruirlo sacándole sus recursos como lo es la misma sangre de su entraña, estamos hablando de nuestro amado planeta, de ese Ser vivo que nos mantiene a todos los seres vivos que en ella se encuentran.

Ya llegó el momento de la gran espera, de aquellos que van ascender junto con el espíritu de la Tierra, aquellos que atendieron su llamado y que trabajaron para su evolución.

La semilla humana será rescatada y transportada a otro confín del cosmos para que sigan su evolución humana.

Una cosa es la semilla humana y otra es la ascensión.

Cuando se da un evento de esta naturaleza, la semilla humana va a otro planeta y los que van ascender con el planeta evolucionan a otro plano de conciencia superior; mientras que la semilla humana sigue perteneciendo a la tercera dimensión siguiendo como humanos.

Son muchas las culturas que hablan del 2012 entre ellas se encuentran los Mayas, los Incas, los Chichimecas, los Aztecas, entre otras, que aseguran no ver nada en ese año tan esperado por muchos seguidores del camino espiritual.

Así como el ser humano tiene su tiempo para evolucionar; así mismo lo tiene el Planeta y ya su tiempo llegó de ascender.

Queremos aclarar que cuando hablamos de la ascensión del Planeta nos estamos refiriendo al espíritu que se encuentra en su interior y no a la parte física de él.

El Ser que vive en el interior de la Tierra es un Ser muy elevado que se ha puesto al servicio de muchas humanidades de la que han pasado por este Planeta. En capítulos anteriores, hemos mencionado muchas de esas razas que se han beneficiado del servicio de este Ser superior que ya se ha ganado su ascensión.

El tiempo final en esta humanidad marca en el espacio sideral un evento cosmológico no muy común dentro de la federación de mundos.

Existen humanidades que quisieran estar para un momento tan especial como lo es la ascensión de una humanidad en el cosmos.

En estos eventos entran a dar sus servicios los llamados Jardineros del espacio, ellos se encargan de la transportación de las diferentes semillas y de mantener el equilibrio cósmico.

También, existen diferentes tareas para los dioses que se encargan de la transformación de la conciencia superior de Dios a elementos. Cuando se da una ascensión hay muchos movimientos cósmicos debido a que entran en movimiento los dioses, los Jardineros, los elementos y los cosmocratores que son altos Jerarcas que tienen el rango de Arcanos Mayores.

Cada Jerarquía en el cosmos tiene su propia misión, así como la tenemos cada uno de nosotros los seres humanos de la Tierra, sólo que hay una gran diferencia entre ellos y nosotros; esos Jerarcas se encuentran en un nivel de conciencia muy superior a los seres pensantes de la Tierra.

Una ascensión significa, crear un planeta nuevo ahí es donde entran los cosmocratores, esos altos Jerarcas de los que les hemos hablado, también entran en función los dioses encargados de transformar la energía cósmica en elementos, otros son los Jardineros del espacio, ellos se encargan de la transportación de las semillas de la humanidades que sea, en este caso, hacer la de los seres humanos de este planeta.

Este evento se dio cuando Jehová hizo este planeta, ese fue uno de los movimientos cósmico de lo que estamos hablando, en ese tiempo le tocó a Jehová hacer este Planeta; es ahí donde a esta humanidad se le dijo que él era el creador de todo lo que existe, tenemos que informarles que Jehová era en aquellos tiempos un cosmocrator encargado de una parte del cosmos y de acuerdo en esa información equivocadamente la humanidad cree que él es el creador de la creación en su totalidad y eso es falso.

En estos momentos ya se está dando el rescate de las semillas humanas y está siendo transportada a otro lugar del cosmos, por ejemplo: a la constelación de ORIÓN, a la de ETA o a otro confín del cosmos, ya que para los Jardineros del espacio, no existe la distancia ni el tiempo; para ellos eso es como un viaje de una ciudad a otra, sus naves poseen una conciencia propia y se trasladan de un sitio a otro en forma instantánea, eso es verdaderamente tecnología comparándola con las naves terrestre que son tortuga de hojalata.

Si observamos que en los últimos tiempos han existido muchos eventos catastróficos donde se cuentan por miles las víctimas, y dentro de ellos se encuentran los famosos desaparecidos que nunca los encuentran, si observan siempre, lo hay.

Minutos antes de suceder una catástrofe, entran en acción los Jardineros del espacio aprovechándose así de tal evento, todos estos lo hacen ellos para no dejar ver el rescate que se está dando en ese momento, de esa manera quedan como desaparecido ante la sociedad y ante las leyes de este plano.

En épocas lejanas sucedía lo mismo, al principio de esta humanidad, se usaban las nubes para no dejar ver las naves cósmicas, ese era un tipo de camuflaje donde tuvieron que decirle a la humanidad, que eso eran nubes de fuego y carruajes que bajaban del cielo; también se dijo, que Jesús se fue en una nube.

Esto es lo mismo que los Jardineros del espacio están haciendo con las diferentes catástrofes que están sucediendo en estos momentos, se están aprovechando de estos eventos para hacer el rescate de las semillas humana.

En estos momentos, todo ha colapsado, la economía mundial, los bancos mundiales, muchas de las potencias, la gasolina se termina, los alimentos, el agua, tenemos el calentamiento del planeta, todos está contaminado, se derriten los glaciales, grandes catástrofes nos atacan, grandes inundaciones por todos los países.

La naturaleza se está expresando, el planeta grita por el mal comportamiento de los seres humanos, hemos aniquilado la vida de nuestro propio hogar.

NUESTRA REALIZACIÓN

En este capítulo vamos a explicar cómo y de qué manera se puede llegar a la auto-realización de nuestra parte interna.

Son muchos los que buscan el camino que lo lleve a un trabajo de purificación de los sentidos, pero son poco los que aceptan trabajar en contra de sí mismo.

Para llegar a Dios, hay que enfrentarse en contra de sus propios gustos, placeres, defectos y malas costumbres que llevamos en nuestro interior.

El llegar a la auto-realización es un camino largo y pedregoso donde nos esperan duras pruebas y procesos, uno tras otro; esto se llama darle permiso a la ley divina para que comience a cobrarles todos los karmas y delitos cometidos en contra de las diferentes leyes de la creación.

Son muchos los que cuando se ven sometidos a todos estos procesos, no soportan el dolor y el sufrimiento que se pasa en el camino, y toman la absurda decisión de abandonar el sendero luminoso y sumergirse de nuevo a la sociedad durmiente.

El violar las leyes es muy fácil, pero el pagarla con sufrimientos y dolor no resulta agradable para la personalidad humana.

La ley divina es tan perfecta que hasta una mala mirada se tiene que pagar, no hay que actuar de mala manera con el prójimo, todos llevamos a Dios en nuestro interior, no somos hechos mecánicamente sin ningún sentir, somos hechos a imagen y semejanza del más grande que existe y todos somos uno con él.

Si queremos llegar a unirnos con la luz, tenemos que hacer un cambio de actitud en nuestro diario vivir, sólo así podemos llegar a la auto-realización interna.

Ya estamos en los tiempos finales de nuestra raza humana y son muchos los que servirán como semillas en el gran rescate, otros serán ascendidos junto con el planeta, todo se dará de acuerdo con el trabajo que cada uno hagamos por nosotros mismos, debemos bajar las densidades de las energías negativas para poder dar la nota necesaria que se requiere para ser acogido por las Jerarquías divinas.

Es necesario hacer un cambio radical de nuestro interior, dejando atrás todas las actitudes negativas que nos empañan nuestra existencia humana; nuestro divino Ser no podrá expresarse a través de un cuerpo que esté lleno de tantas aberraciones negativas, él es luz, conciencia y sabiduría.

Son muchas las existencias que el ser humano ha tenido a través de este plano y aún desconoce que todavía sigue durmiendo sin saber quién es y cuál es el origen de sus sufrimiento.

El ser humano se divide en dos partes, una es la parte interna y la otra es el cuerpo físico. La parte interna es la que piensa, razona, analiza y la que habla; esa parte es la que viene sin saber quién es en realidad, viene totalmente dormida no sabe en qué país estaba, ni qué hizo ni mucho menos sabe si viene a sufrir, no sabe que leyes violó, o todo lo contrario, no sabe si viene hacer un gran famoso, empresario, millonario; pero aún sin saber de sus existencias pasadas totalmente dormida, es la parte interna de cada ser humano.

Hay muchos que creen que sólo es el cuerpo físico el que duerme y que ellos no están durmiendo, esa es una de la equivocación del ser humano, hasta que no entremos al camino de la ascensión humana no vamos a tener la oportunidad de hacer ese gran despertar interno que necesitamos para poder conocernos nosotros mismos.

Es importante no vivir por vivir sin saber cuál es nuestra misión, para qué vivimos, porqué nacimos en esta existencia; no sólo existe el objetivo humano, cada uno de nosotros también tiene en la creación, su propio objetivo, no existimos por existir, hay un por qué.

Hay que darse cuenta que las mismas existencias también tienen su objetivo con todos nosotros, podemos hacernos una pregunta: ¿el por qué se nos asignan tantas existencias?, ¿qué quiere la creación con nosotros?

Las tantas existencias son oportunidades que nos da la ley de la evolución para que avancemos en el camino de regreso a casa.

En una de esas existencias podemos despertar y darnos cuenta quiénes somos en realidad, para qué estamos aquí y cuál es nuestro objetivo en la creación.

Según las experiencias vividas a través de las tantas oportunidades que hemos tenidos en el plano físico podemos encontrar la persona adecuada que nos enseñe el camino del despertar interno.

Son muchos los seres humanos que hemos navegado en el vaivén de las existencias humana cometiendo diferentes delitos, violaciones y tantas cosas negativas que no aportan nada al crecimiento de nuestra evolución en el camino divino.

Es importante hablar un poco de algo muy interesante, y que el mismo ser humano no comprende, el misterio que encierra el mundo de los sueños.

Muchas veces los sueños son réplicas de las existencias pasadas que nosotros no podemos ni tenemos control de ella. Existen sueños que aunque hagamos el esfuerzo no podemos recordar, eso pertenece a la parte interna de cada uno de nosotros.

El mundo de los sueños mayormente es una dimensión totalmente desconocida por el ser humano, esos mundos se encuentran dentro de nosotros mismos.

Existen lugares de existencias pasadas ya integrados en nuestro interior, en nuestros propios mundos internos que a veces repercutan en los sueños, siendo para nosotros lugares no conocidos por nuestra personalidad humana.

Existen sueños que el ser humano no llega a comprender, por ejemplo: se ven vestidos de Romano con tremenda armadura y en tiempos medievales; esa fue una de las existencias que esa persona tuvo en Roma o en Grecia, y ya está grabada en su interior, pero como no podemos dominar ese mundo porque estamos completamente dormidos, sólo puede tener acceso nuestro divino Ser que llevamos dentro y que sabe por cuál país y por dónde pasamos.

Muchas veces nuestro divino Ser se mueve por algunos lugares donde se puede ver eventos venideros hacia la tercera dimensión, entonces cuando la persona despierta, siente la sensación de que tal sueño puede plasmarse en el diario vivir, esos es nuestro Ser, queriendo avisarnos de cualquier peligro no agradable para nosotros.

Si estuviéramos despiertos se diera todo lo contrario, fuéramos nosotros mismos a investigar en esos mundos que se encuentran sumergidos dentro de nosotros, y que fuimos los protagonistas de su creación.

El mundo de los sueños no está por fuera de nosotros, esos mundos han sido creados a través de las existencias que hemos tenidos en el plano humano, son nuestras grabaciones internas, como hemos dicho anteriormente todos esos lugares están registrados en nuestra memoria celular, en nuestro subconsciente, muchas veces vemos por primera vez a una persona y rápido nos cae mal, esos son recuerdo de viejos momentos ya vividos en otras épocas de otras existencias y cuando se dan esos encuentros se comienza a revivir, si es una deuda negativa el encuentro será así mismo, o todo lo contrario.

LOS ARCANOS Y LAS ETERNIDADES

El hablar de los dioses es un poco complicado debido a que muchos seguidores del camino espiritual sólo conocen al único Dios que todo el tiempo le enseñaron sus religiones, siendo ese el señor Jehová.

Si la humanidad supiera que Jehová no es el padre cósmico, el padre de la creación, entonces estuvieran haciéndose varias preguntas, una de ellas sería: ¿quién es Jehová, si no es el Padre de todo lo creado?, es ahí donde no se le habló claro a la humanidad.

El señor Jehová es uno de los grandes Arcanos Mayores en la gran inmensidad del cosmos "infinito"

Él, conjuntamente con otros dioses, está al servicio del padre cósmico común, obedeciendo a ese grandioso supremo Ser creador de esta creación en su totalidad.

A través de todos los planos que existen, cada ser vivo que vaya evolucionando va creando su propia creación interna, va caminando a través de muchas eternidades, todas estas tienen que ser internalizadas en nuestro interior, de esa manera, queda en nosotros las experiencias recogidas a través del largo caminar evolutivo.

Los grandes Arcanos del cosmos son Jerarcas que tienen grandes misiones en las diferentes eternidades a las que son sometidas muchas humanidades que van rumbo hacia el gran nacimiento macro cósmico.

Estamos hablando de un tema un poco profundo, y que no puede ser comprendido por aquellos que no posean un conocimiento que tenga que ver con las profundidades del cosmos y sus misterios.

El hablar de las eternidades es tocar un punto muy delicado, ya que la humanidad tiene como un hecho que ese sitio es el lugar donde se encuentran los difuntos, y eso es falso.

La eternidad se encuentra en todos los planos de la creación, la eternidad es el conjunto de todas las existencias vividas en un plano de la creación, es un error el decir que ella se encuentra en un sólo plano, se le llama eternidad por el largo recorrido que tenemos a través de todas las existencias asignadas en cada plano por el cual pasamos como seres vivientes.

No sólo existe una eternidad, existen muchas dentro del largo recorrido evolutivo y a través de las dimensiones y los planos de la creación.

Sólo aquellas personas que incurren en el camino evolutivo pueden descubrir los grandes misterios que encierra la creación con todos sus seres vivos.

La eternidad en su forma limitante, el llamado cielo azul, la gloria y el infierno, son grabaciones psicológicas y creencias que a través de los tiempos hemos venido creyendo desde cuando éramos pequeños, y que si nos damos a la tarea de investigar podemos encontrarnos con la pura realidad de que una sí existe, pero en forma más prolongada y otra no existe.

La eternidad existe en forma prolongada, o sea en todos los planos de la creación.

El infierno no existe. Queridos hermanos del camino evolutivo, si usted quiere llamarle infierno, a ese conjunto de defectos negativos que llevamos en nuestro interior profundo, entonces, ese es la construcción de su propio infierno que existe dentro de usted.

En ningún plano de la creación existe un lugar llamado infierno.

Todo aquél que cree en la reencarnación tiene que saber que para eso son las existencias, para que no exista el infierno.

En el capítulo 11 del libro, "MAS ALLÁ DE LA CREACIÓN", ahí hablamos muy claro lo que es el infierno y donde se encuentra.

Desde los tiempos medievales incluyendo épocas remotas hemos venidos creyendo de que el tiempo no existe, y que el cosmos es infinito, que existe el infierno, entre otras cosas, esos son grabaciones psicológicas que a través de los tiempos van haciéndose creíble para toda la humanidad.

Vamos a explicar un poco la longitud del cosmos; todo lo tangible tiene un fin, esté hecho de los componentes que sea; a través de los tiempos muchos Maestros han dicho que el cosmos es infinito, ellos entienden que a la humanidad no se le puede decir otra cosa.

El hablar de las profundidades del cosmos es tener que explicar muchos misterios que existen en la creación, incluyendo el hablar de la verdadera realidad.

El cosmos es el cuerpo vivo de Dios y todo cuerpo tiene un fin, sino no sería un cuerpo; todos estamos hechos a imagen y semejanza de Dios, la palabra semejanza no puede quedar atrás.

Para la humanidad el cosmos no tiene fin, todos estos es porque no podemos como humanos que somos llegar a comprender que existen miles de eternidades por las que tenemos que pasar como seres evolutivos dentro de la Creación.

Toda creación está sustentada en un cuerpo y un espacio, todos los seres humanos somos una creación dentro de un cuerpo, lo que no tiene fin es nuestro Ser, ese va constantemente en evolución.

Sólo las Jerarquías divinas, incluyendo aquellas personas que se dedican a las grandes investigaciones del cosmos, pueden saber que ese espacio tiene su fin.

A la humanidad no se le puede decir toda la verdad, nunca podrán comprender algo que se encuentre más allá de su entendimiento humano.

Para llegar hacer un Arcano tenemos que pasar por muchas eternidades dentro del camino, que nos conduce a nuestra evolución superior, por cada plano que pasamos, integramos una eternidad, un plano posee muchas facetas conscientivas por la cual tenemos que pasar para irnos a otro plano de la Creación.

El camino es largo para llegar a la evolución superior, las eternidades están en todos los planos que existen, sólo que tenemos como grabación que está en la quinta dimensión.

En esta obra hacemos muchas aclaraciones que la humanidad tiene que saber, para que no sigan creyendo que el cielo sea azul cuando no lo es.

Cuando la humanidad posee una grabación psicológica por mucho tiempo, es un poco cuesta arriba tratar de enseñarle lo que es correcto en el camino de la liberación interna.

Aunque el gen de la evolución que llevamos por dentro es el que se mueve constantemente en nuestro interior para que podamos sacudirnos de todos tipos de creencias y de grabaciones psicológicas, dejando libre nuestra parte pensante.

Son muchos los patrones que tenemos que romper en cada existencia humana, aunque para hacerlo tenemos que disponer de nuestras propias investigaciones que nos lleven a comprender que existe algo más allá de lo visual y que la humanidad sólo puede ver un veinticinco por ciento de todo lo que existe.

No todo está escrito, pueden venir miles de Maestros a cumplir sus misiones y aún no podrán traer todo el conocimiento que existe en la creación.

El conocimiento de un Maestro está adaptado a una época, por esta humanidad han pasados muchos iluminados y todos han cumplido con su misión.

Hay que comprender que un Maestro no puede repetir el conocimiento de otro, si lo repitiera, entonces no estaría cumpliendo con su misión.

CONCLUSIÓN

En esta obra hemos querido llevarles un conocimiento un poco profundo y a la vez sencillo, ya que estamos en un tiempo de transición humana, donde el Planeta ya ha llegado al final de su misión, teniendo que hacer unos cambios con toda la humanidad, y a la vez someterla a una transición planetaria.

Es importante conocer los diferentes misterios que encierra la evolución, saber que existen otros dioses dentro del camino evolutivo.

Al escribir esta obra nuestro interés ha sido, que todo conozcan cómo se llega hacer un gran Jerarca del cosmos; también, explicamos cómo se transforman las energías cósmicas en elementos y cuáles son los encargados de tales transformaciones.

Queremos que por medio de estos conocimientos se le despierte, a todo aquél que lea esta obra, una parte de su conciencia, ya que hemos podido explicar con profundidad algunos niveles conscientivos que pertenecen a la Creación.

Muy respetuosamente, con mucho amor y con cordura, respetamos todo tipo de creencias, que de alguna manera pueda aportar un crecimiento a la conciencia del ser humano.

Hemos querido hablarles de las profundidades del cosmos, ya que no es muy común que se hable abiertamente del tema.

Por otra parte y dentro de la posibilidad del entendimiento humano, queremos que todo aquél que ande en busca de su propia evolución superior conozca en profundidad los grandes misterios que encierra la creación y el cosmos, como hemos dicho, no todo está escrito en los millones de libros que existen.

Nuestra propia existencia encierra grandes misterios que aún el ser humano desconoce, solo aquél que se convierta en un investigador de su propio interior puede llegar a descubrir la existencia de los grandes dioses del cosmos.

Sería bueno que comprendieran lo que son las grabaciones psicológicas, ellas son ataduras en el camino de regreso a casa.

No podemos estar atados a ninguna época, eso sería retroceder en nuestra evolución, en el camino ascendente que nos llevará a la liberación de nuestro Ser.

El cosmos está lleno de grandes Jerarcas que cumplen con su misión y están al servicio de otras Jerarquías de altos niveles divinos, como los son los tronos y potestades existentes en el cosmos.

Es importante estudiar esta obra en su profundidad, ya que no hemos tocado ni un granito del conocimiento cósmico.

Aquí sólo estamos abriendo un poco el entendimiento a aquellos que buscan algo más de lo que le puedan ofrecer el camino de la espiritualidad sencilla.

El autor de esta obra ha sido un fiel servidor de las Jerarquías divinas y siempre lo será sin esperar nada a cambio.

Sólo estamos tratando de llevarles grandes aclaraciones de altos contenidos conscientivos y que están sustentados en profundas meditaciones e investigaciones, cósmicas, conscientivas y dimensionales.

Son muchos los que hablan del taró, pero aún no conocen el gran significado que encierra esa palabra, esa fue una de las técnicas que en una época muy remota se le enseñó a la humanidad, en ese tiempo se quiso hablar de lo que eran los Arcanos Menores y Mayores, se les dio en aquella época la técnica de las cartas.

En tiempos remotos, la humanidad no se encontraba preparada para hablarle abiertamente de las profundidades cósmicas.

Hoy en este libro podemos hablar abiertamente de lo que son las profundidades cósmicas, estamos en una época donde ya tenemos que develar todo cuanto podemos e investiguemos.

Sólo esperamos que todo aquél que ande en busca de su evolución comprenda todo este conocimiento aquí plasmado.

En el libro titulado: "PRÁCTICA CON LOS ELEMENTALES", ahí hablamos un poco de las profundidades de nuestro verdadero nacimiento como chispa divina desprendida de la conciencia del cuerpo de Dios.

También en el mismo libro hablamos, cómo se forman los diferentes sistemas de nuestros cuerpos para habitar en el plano humano.

Querido lector: con profundo y sincero amor se despide de usted su autor, Jesús Salazar.